EL BARCO DE VAPOR

La araña enamorada

Homenaje al cuadro *Hirondelle* de Joan Miró

Blanca Álvarez

Ilustraciones de Juan Berrio

sm

elbarcodevapor.com

Dirección editorial: Elsa Aguiar
Coordinación editorial: M.ª Carmen Díaz-Villarejo
Diseño de la colección: Estudio SM

Impresores, 15
Urbanización Prado del Espino
28660 Boadilla del Monte (Madrid)
www.grupo-sm.com

CENTRO INTEGRAL DE ATENCIÓN AL CLIENTE
Tel.: 902 12 13 23
Fax: 902 24 12 22
e-mail: clientes@grupo-sm.com

ISBN: 84-675-1174-5
Depósito legal: M-39087-2006
Impreso en España / *Printed in Spain*
Orymu, SA - Ruiz de Alda, 1 - Pinto (Madrid)

A todos los niños
con corazón de golondrina
que dibujan abrazos
en nuevas nubes.

A todos los niños
con corazón de araña
que tejen ternuras inventadas.

Gabriel pinta historias.
Todas las mañanas, se levanta,
asoma su cara de sueño a la ventana
y busca una historia para pintar.
Si no la encuentra,
sale a las calles,
pasea los parques y las plazas,
contempla a los gatos vagabundos,
los perros con collar,
los niños bajando toboganes
o merendando bocadillos de membrillo
y chocolate...
Siempre encuentra una historia.

Después, regresa a su taller
con mucha prisa,
con la cabeza alborotada.
Gabriel llena sus lienzos
con los colores de la historia encontrada:
el niño y la cometa,
el pájaro y la estrella,
los gatos y la rosa.
Y así, con historias y colores,
el pintor ilumina los lienzos
como cuentos.

Aquella mañana, Gabriel se levantó,
asomó sus ojos de sueño al balcón
y la vio.

Allí, en el muro
que casi podía tocar con su mano,
una araña, negra y brillante,
tejía una inmensa red.

El pintor se tapó la boca
cuando sintió las alas de una golondrina
revoloteando y acercándose
hasta el muro donde la araña tejía y tejía.

«Se la comerá», pensó.

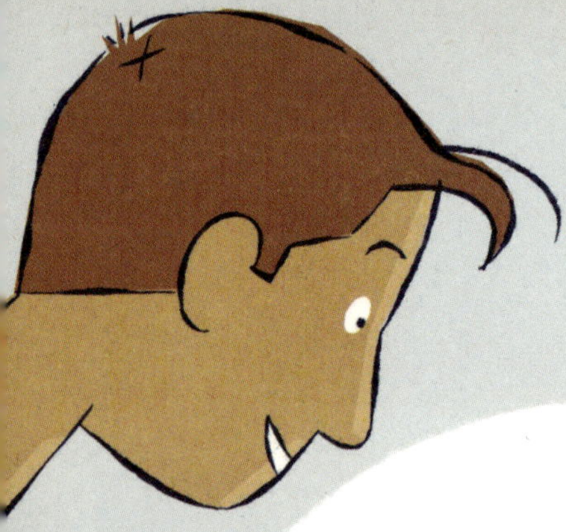

Sin embargo, Gabriel pudo ver
cómo aquella extraña pareja
se contemplaba
y mantenía una conversación
imposible para sus oídos humanos.

La araña de las hilanderas
la vio llegar una primavera
y decidió entregarle su corazón
y sus secretos.
Al principio, la golondrina se asustó
al escuchar la voz demasiado ronca
de aquella arañita negra.

Después se posó cerca del muro
donde la araña tejía y tejía,
mientras bordaba palabras
y correteaba con prisas:
muro arriba, muro abajo.

¡Parecía tan atareada!

Los ojos de la golondrina perseguían los gestos de aquella diminuta e incansable bordadora.

Durante días, ni se saludaron.

Una mañana, mediada la primavera, la arañita decidió confesar sus sentimientos a la golondrina.

–Ven, te tejeré un nido mullido.

–Tengo uno junto con mis hermanas.

–Este sería solo para ti.

–Me gusta la compañía.

Para ganar su atención,
la araña tejió una flor de cuatro pétalos.
–Es para ti.
–Gracias.
Y acercó curiosa el pico.
–¡No tiene olor!
Me gustan las flores del campo.

Las arañas no se rinden fácilmente,
por algo se pasan la vida
retejiendo telas que todos rompen
y ellas reparan una y cien veces.

–Si vienes conmigo, nunca pasarás frío
porque te bordaré un largo abrigo
para los inviernos.

–Me gusta sentir el viento frío
en el pico.

Pasaban los días de primavera
y la golondrina encontraba siempre
tiempo para alejarse de sus amigas
y visitar a la araña bordadora.

En silencio, pasaba las horas
fascinada con aquel tejer incesante
y las filigranas brillantes
que la pequeña hilandera negra
construía corriendo sobre los hilos
como una funámbula.

–¿No descansas nunca?

–A veces. Cuando tengo hambre.

La golondrina no le dijo
que, antes de conocerla,
comía arañitas laboriosas.

–¿Puedo posarme un momento
en tu blanco vientre?

–Claro, te haré un sitio
entre mis plumas.

Y desde aquella mañana,
todos los días saltaba
hasta el mullido pecho
de la complacida golondrina,
que gorjeaba canciones
para su extraña amiga.

Así pasó la primavera
y llegó el verano,
con el canto de las chicharras
durante las siestas
y el croar de las ranas
durante los atardeceres.

Una de esas noches
vestidas de blanco por la luna,
la pequeña araña no lograba dormir
sobre la cama tejida.
Recordaba el pecho blanquísimo
de su golondrina
y echaba muy en falta
las horas de su compañía,
sus gorjeos y sus ojos redondos
y brillantes como cristales vivos.

Pronto terminaría el verano.
Todas las golondrinas
se reunirían cerca del charco
donde croaban las ranas
y prepararían el largo viaje al Sur.

–Tengo que darme prisa.

La araña impulsó sus patas
y se lanzó en picado hasta el muro
donde se sucedían las citas
de cada mañana.

En el muro, durante toda la noche,
tejió y tejió mientras la luna bañaba
de plata su cuerpecito negro.

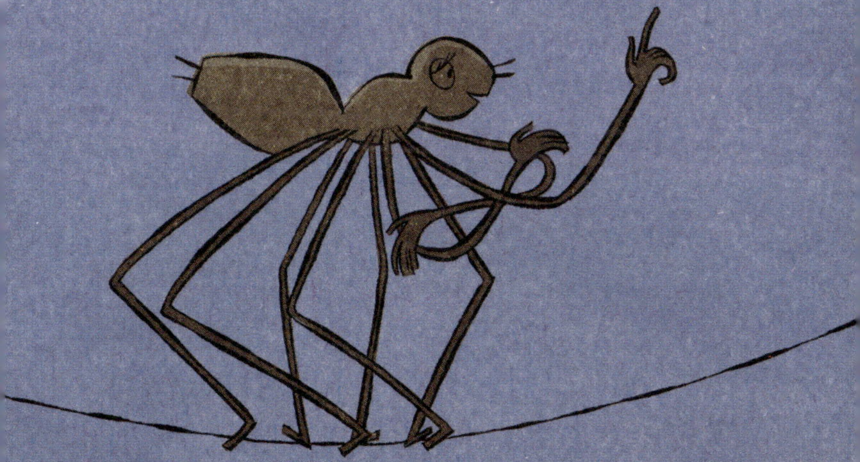

Los sapos insomnes abandonaron la charca y se fueron saltando hasta el borde del muro para contemplar aquella maraña sobre la que bailaba en equilibrio la pequeña araña.

–¡Ya está! –gritó la diminuta araña negra negrísima contemplando, colgada de un hilo de seda, su obra maestra.

Cuando llegó la golondrina, quedó picoabierta y orgullosa. Sobre los desconchados del muro, estaba tejido su nombre.

ndrina

–¡Qué maravilla! –gorjeó feliz mientras los sapos hinchaban con envidia sus gargantas y la pequeña araña se sentía orgullosa de sus habilidades.

¡Amaba tanto a la golondrina!

–Si te quedas,
todas las noches tejeré
una palabra para darte los buenos días.

La golondrina movió su cabecita
repasando la hermosura de las letras,
estiró su cola recortada
y revoloteó un rato
siguiendo el rastro de las letras.

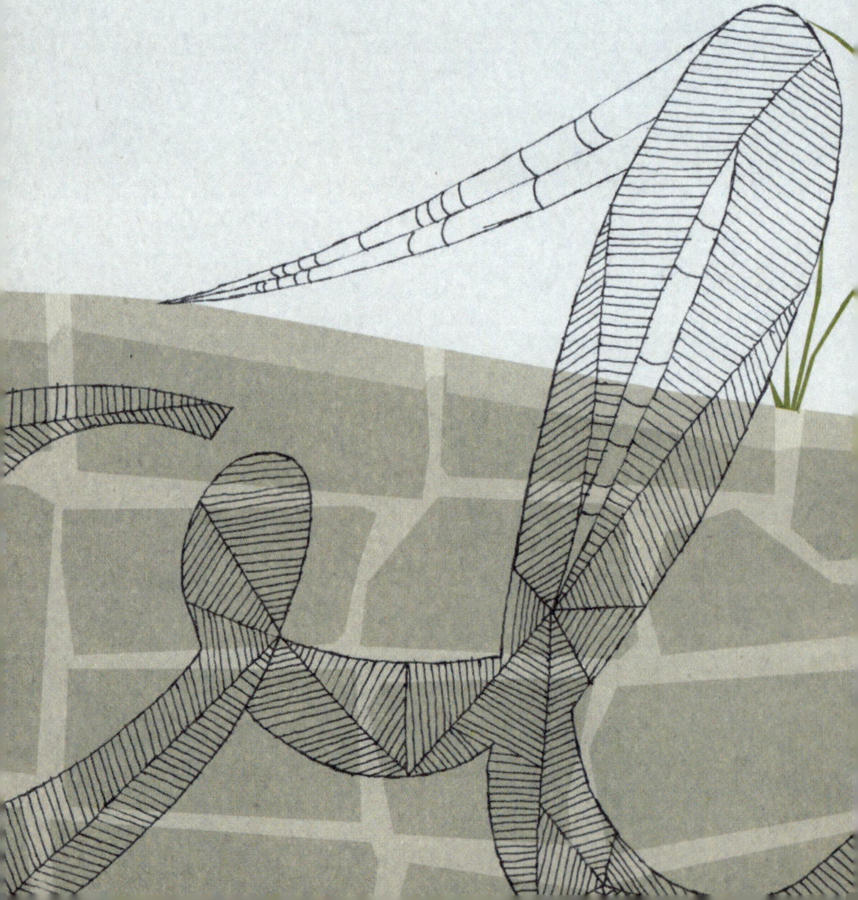

Después volvió a posarse frente a su amiga.

–No puedo, hermosa tejedora, me esperan mis hermanas y he de seguir mi destino.

–Pero...

–Adiós.

Y durante muchos minutos, retumbó su despedida sobre el muro: adiós... adiós... adiós.

–¿Volverás?

Pero nadie respondió
a la pregunta de la araña.

Las golondrinas y las arañas
no pueden amarse.

Los sapos regresaron a la charca
y el cielo se cubrió
con un manto de golondrinas
viajando en busca del Sur.

La pequeña tejedora de palabras
sintió resbalar una lágrima negra
por sus patas delanteras.
Subió hasta la «a»,
tejió un largo hilo de plata
y se durmió colgada en su extremo.
–Hasta la primavera
–dijo antes de cerrar los ojos,
y el eco de su pena
fue repitiendo sobre las nubes:
era... era... era...

Gabriel, el pintor,
ha vuelto a asomar al balcón
sus ojos cargados de sueño.

–¡Increíble! –murmura asombrado.

Su pequeña tejedora ha bordado
una hermosa palabra
sobre el muro desconchado.

Es una palabra de enamorada.

Gabriel toma sus pinceles,
busca un lienzo nuevo
y pinta la historia de amor imposible
que vivieron, una primavera y un verano,
la golondrina y la araña.

TE CUENTO QUE BLANCA ÁLVAREZ...

... cuando era pequeña quería ser pirata. Toda su familia era gente de mar y aquello le parecía muy divertido. También le gustaba contar historias, pero no escribirlas. Pero le cogió gusto y aprendió rápido y ahora escribe unas historias preciosas. A Blanca le emociona que su hija la achuche y le diga cosas bonitas, y sentirse querida por sus buenos amigos.

¿QUIERES LEER MÁS?

LA NOCHE ES PARA SOÑAR, COMO HACE LA ARAÑA, PENSANDO EN LA GOLONDRINA. Pero también es para dormir, y en **LAS RANAS DE RITA**, Rita lo intenta contando ranas y ovejas, todas mezcladas. Y, de pronto, entre las ovejas y las ranas se arma una verdadera batalla campal.

LAS RANAS DE RITA
Eduard Márquez
EL BARCO DE VAPOR, SERIE BLANCA, N.º 107

HAY COSAS IMPOSIBLES EN LA VIDA. EN LA DIVERTIDA HISTORIA DE **EL DRAGÓN QUE QUERÍA SER VIOLINISTA** verás que los deseos del dragón Godofredo son casi imposibles. Pero todo tiene una buena solución.

EL DRAGÓN QUE QUERÍA SER VIOLINISTA
Luisa Villar Liébana
EL BARCO DE VAPOR, SERIE BLANCA, N.º 108

¿A QUE TAMBIÉN TE PARECE IMPOSIBLE QUE UN LIBRO VUELE Y QUIERA CANTAR? No te pierdas lo que le sucede a un libro que está muy aburrido en una biblioteca y que quiere dar el salto a la libertad en **EL PÁJARO LIBRO**.

EL PÁJARO LIBRO
Joel Franz Rosell
EL BARCO DE VAPOR, SERIE BLANCA, N.º 95

Y OTRO ANIMAL MUY PECULIAR QUE TE SORPRENDERÁ ES **EL RATÓN ANATOL.** Todos creen que los ratones son terribles, pero Anatol quiere cambiar las cosas y hacer algo por la gente... y por los quesos.

EL RATÓN ANATOL
Eve Titus
EL BARCO DE VAPOR, SERIE BLANCA, N.º 73

elbarcodevapor.com

• 50 pg. BRUTAS

≃ 10 pgs NOTAS/COMPLETAS